청어詩人選 388

그곳에 가면

서재원 시집

그곳에 가면

서재원 지음

발행처	도서출판 **청어**
발행인	이영철
영업	이동호
홍보	천성래
기획	남기환
편집	방세화
디자인	이수빈	김영은
제작이사	공병한
인쇄	두리터

등록   1999년 5월 3일
       (제321-3210000251001999000063호)

1판 1쇄 발행 2023년 4월 20일

주소   서울특별시 서초구 남부순환로 364길 8-15 동일빌딩 2층
대표전화 02-586-0477
팩시밀리 0303-0942-0478
홈페이지 www.chungeobook.com
E-mail ppi20@hanmail.net

ISBN   979-11-6855-142-8(03810)

그곳에 가면

서재원 시집

한국생활문학 제17차 시부 신인상
-서재원 「여록」 외 2편

심사평

　자식 사랑, 어버이 사랑.

　일전에 어느 시인이 시비 제막에 참석한 적이 있었다. 커다란 보령산 자연 오석에 새겨진 시구에서 '높은 산보다 더 높고, 깊은 골짜기보다 더 깊은 당신의 사랑'이란 시구가 필자의 가슴에 각인되었다. 아마도 어머니의 사랑을 노래한 시심일 듯 싶다. 시詩는 사랑이다. 삼라만상을 사랑하는 마음이 아니고서는 좋은 시를 쓸 수가 없다.

　자식들을 떨쳐두고 '우리 아버지, 어머니'가 타계한 오늘도 '자식들 걱정으로' 서성이며 지금도 '새끼들의 외침'을 '외로운 메아리'로 듣고 계실 거라고, '피눈물을 뿌리며', '힘들게 가셨을' 거라고 서 시인은 믿고 있다. 이와 같은 「여록」에는 어버이의 자식 사랑과, 자식들의 어버이 사랑이 진하게 녹아 있다.

　사랑 애愛 자는 마음心을 가슴 한 가운데 품고 있으니, 이와 같은 '마음'을 가슴 한 가운데 품고 있으니, 이와 같은 '마음'을 늘 진하고 푸르게만 지니고 사는 사람은 정 깊은 사람이다. 그가 곧 시인인 것이다.

　'가슴 한 가운데 새겨둔/첫사랑의 그림자'로 노래한

「봉선화 연정」이나, '얻어맞은 싸대기'에 '눈퉁이엔 별이 번쩍'이는 어린 날의 추억을 떠올린 「슬픔 귀울음」 등 시편들에서 우리는 서 시인이 앞으로도 계속 좋은 시를 빚을 수 있다는 자신감을 공감할 수 있었다.

모두에서 언급한 빗돌의 모양새가 어쩌면 한 바닷가 물소 같기도 했고, 북극의 만년설 빙원의 불곰 같기도 하더라는 언급도 여기에 적고 싶다.

글 한 줄 새겨서 담으려고 전국을 찾아다니다 발견했다는 산사山寺의 그 스님의 눈과 가슴이 한결 놀랍고도 더 고맙더라는 것이다. 시는 일견하여 위와 같이 모든 것들에서 독자에게 공감이 되어야 하고 보다 더 아름다움美이 깃들어야 한다.

끝으로, 위의 시들은 공교롭게도 지난날의 추억에만 안주 되고 있다는 결점도 공유하고 있다. 물론, 현실에서 떠올리는 추억이긴 하지만, 보다 시인은 마땅히 현재의 땅에서 미래를 예견하는 혜안이 필요함을 여기에 덧붙인다.

올해 현대시 100주년의 『生活文學』 첫 봄호에 당선된 서 시인의 시의 장도에 영광이 있기를 기원한다.

심사위원: 황금찬, 인소리, 이영호

동지섣달 긴 겨울 오랜 시간 가슴앓이 무명의 풀씨 한 알이 소중한 생명을 놓치지 않으려 비로소 겉흙이 갈라지려 애쓰고 있습니다.

봄빛에 푸르른 새싹만 올라와 준다면 남은 시간 온갖 정성을 다하여 잘 보듬고 길러서 뜻깊은 글을 찾아서 옥고玉稿를 만들어 내고 삐뚤지 않고, 빈 껍질이 아닌 영근 씨앗이 되어 주변의 사람들과 함께 기쁨을 나누렵니다.

어떠한 씨앗으로 남을지도 모르면서 흙 속에서 겨우 고개 내밀려는 애송이 새싹에게 따뜻한 마음으로 희망의 손길을 내밀어 주신 심사위원님들께 감사의 마음을 드립니다.

서재원

수상작

여록

우리 아버지
무거운 삶 훌훌 털어내고
맨몸으로 멀리 잠들어 가셨어도
땔나무 걱정에 밤새 뒤척이며
잠을 설치셨을 것이다

우리 아버지
친구들 남겨두고 말없이
혈혈단신 마지막 여행길 떠나셨어도
가뭄 홍수 농사 걱정에
줄담배 입에 물고
뻑뻑 태우며 가셨을 것이다

우리 아버지
마지막 삶의 봇짐 챙기시어
얼큰한 술 한 잔에
쓸쓸하게 사리문 밖 나서실 때
발걸음이 꽤나 무거웠을 것이다

우리 어머니
자식 두고 강 건너 숲으로
백조 되어 날아갔어도
밤늦도록 기다리는 새끼들 걱정에

아직도 잠 못 들고
한숨만 짓고 계실 거다

우리 어머니 하늘나라
이승 인연 낭군 따라가셨어도
헐벗고 배고픈 새끼들 걱정에
아직도 타다 남은 가슴엔
아물지도 못한
시퍼런 멍울 자욱이 남아있을 것이다

우리 어머니 자식들과
천륜 끊고 먼 길 떠나실 때
새끼들의 애끓는 외침이
단장의 가슴벽에 외로운 메아리로 남아
피눈물을 뿌리며 힘들게 가셨을 것이다

손톱에 새긴 봉선화 연정

동시에 태어났지만
길고 짧은 열 손가락 끄트머리에 박혀
한세상 동고동락할
앙증스런 귀여운 요정들

그 이쁜 얼굴에
붉은 물감 들이는 날
한여름 이른 아침
진주처럼 빛나는
새벽이슬 잔뜩 머금은
봉선화 붉은 입술

내 부드럽고 고운
애송이 꽃잎 살결이
잔인하게 으스러 부서질 때
진한 선홍빛 핏물이 튀고

너의 아름다움을 위해
내 청춘 고운 살결은
핏빛으로 물든다

겨울이 찾아와
첫눈이 내릴 때까지
내 아픈 붉은 흔적 남아있어
가슴 한구석에 새겨 둔
첫사랑의 그림자가
가까이 다가오길 기다리며

슬픈 귀울음

어릴 적에
친구들과 어울려
재 넘어 외딴 화전 밭

참외 서리하다가
주인한테 붙잡혀
얻어맞은 싸대기

귓구멍에 파리떼 울고
눈퉁이엔 샛별이 번쩍

그 세월이
몇십 년이 지났어도
아직도 사라지지 않는
옛날 파리떼의
슬픈 귀울음

차례

1부　그곳에 가면

2부 어둠 속에 우는 아이

3부   어머니의 뜨락

4부   저 별들은 내 마음 알까

1부

그곳에 가면

그곳에 가면

백두대간 차령산맥 정기 모은 태화산 자락
높지도 낮지도 않은 능선 따라
소나무 참나무 벗나무 잡나무 숲으로 어우러진
사방이 병풍처럼 꽉 막힌 곳

손바닥만 한 언저리 아침 일찍 눈을 뜨는 태양
머무는 하늘 공간 넓지 않아 서성일 여유 없다
서둘러 창문 활짝 열어 놀다간 뒤에
나뭇가지에 매달린 어둠을 쫓으려
숲속 부엉이 울다 지쳐 잠이 들면 나도 친구들과
동네 몇 바퀴 헤매다 꿈속에 지쳐 곯아떨어지고

두려운 어둠 뒤에 숨죽인 여명黎明
밝은 세상이 눈에 들어올 때쯤 새벽이슬
얼굴을 씻어 방긋이 웃는 반가운 아침 인사에
두 날개로 잠을 털고 일어난 청량한 새소리와
행복한 꿀잠에서 깨어난 나는
이 세상에 부러울 것 하나 없는
그저 평범한 사람 행복한 사람!

물레방아 추억

마을 앞으로 사계절 흐르는 맑은 시냇물이
시끄럽게 왁자지껄 징검다리 사이를 벗어나
여울목에 빠져 소용돌이칠 때면
피라미 송사리의 몸부림이 눈길을 유혹한다

그 옛날 개울가 물레방아 자리엔
흔적 없이 지워져 추억만 무성하게 돌아가고
출생 연도도 알 수 없는
몇백 년 된 느티나무 고목은
이곳의 수호신으로 자리매김하며
오랜 세월 모진 풍파 속에서도
이 마을에 어른으로 남아
희로애락을 지켜보고 있다

귀향

조상님의 음덕으로
한세상 머물다 갈 인생
한 해 전세살이 끝나면 둥지 떠나는 새처럼
이곳저곳 기웃거려 보지만
삶의 등짐에 억눌려 지친, 고달픈 육신

잠시 쉬어갈 곳은 흔해도 진정 맘 풀어놓고
편안한 자리 즐겁게 머물 곳 만만치 않아
맑은 공기 뿜어주는 초목들과 더불어
사계절이 자유롭게 머물다 가는 그곳, 고향에

육신 건강 가다듬으며 속마음 터놓고
오순도순 꾸밈없이 정을 나눌 수 있는
주변 사람들과 더불어
행복한 삶의 햇살 즐겁게 모으다가
아름답게 노을 져가는 모습으로
떠돌던 바람 남겨진 자투리 삶은

내가 어릴 때 풍겨놓은 모유母乳 향기 찾아
고향초가집 추녀 속 텃새로
한 생애生涯 날개를 접으리라

너도 나처럼

황토 구덩이
양지쪽 언덕배기
사랑과 정절의
보라색 제비꽃

햇빛 달빛 별빛 자연을 동무 삼아
너도 나처럼 일생을 살고자
아름답게 피어난
외로운 한 송이 들꽃이구나!

나 네 마음 몰라 안쓰럽지만
너 참으로 사랑스럽고
예쁘구나!

너와 내가
속마음 하루 이틀 주고받다 보면
솜뭉치 물 배어들 듯 보랏빛 사랑과
지고지순한 정절의 고운 마음이

너도나도 알게 모르게
아름답게 피어나리라

너를 보내며
-축시祝詩, 동철과 윤숙에게

하늘이 맺어준 천생연분天生緣分으로
선남善男 선녀善女 하나 되어
백년해로百年偕老 축원하며
아름다운 한 송이 부부 꽃 피우려
그동안 희로애락喜怒哀樂 함께한 부모
형제들의 입김 서린
정든 둥지를 떠나서
오늘 좋은 날을 선택하여
여러 친지 친구들의 축하 속에서
새로운 배필 곁으로 날아가는 모습이
보내는 부모 마음 기뻐서 눈물이 나고
왠지 허전한 마음에 눈물도 난다!

언제까지 곁에 두고 바라볼 수만 없는
사랑한 나의 어여쁜 딸내미야
새로운 너의 삶과 인생을 위하여
뜨거운 사랑과 눈물 모아 보내나니
사노라면 힘든 날도 있으리라
그리고 때로는 기쁜 날도 있으리라

순간의 분노로
사랑 꽃을 울리지 말고
돌이킬 수 없는
아픔의 상처를 만들지 마라
생각이 다를 땐 조금씩
팽팽한 줄 놓으며 이해하고
힘들면 무거운 짐 내려놓고
잠시 쉬어가거라

그러다 보면
시간 지나서 행복의 씨앗이 움트고
아름답게 빛나는 태양이
가슴에 스며들 것이다
사랑하는 아들딸아 행복하게 잘 살아라
한결같은 부모들의 간절한 소망이란다

2002년 11월(마름달) 3일

동화童畫의 꿈 찾아

언제라도 찾아가면
그리운 추억들이 반겨줄
벽촌 마을 그런 곳이 있다

눈물 고개 넘나들며
배고픔에 허덕이던 가난이었지만
돌이켜보면
내 인생이 잘못 만난 세월 탓

학교에서 돌아오면
얼렁뚱땅 숙제 끝내고
쇠꼴을 베러 다니던 개울가 언덕
동무들과 들로 산으로
해지는 줄 모르며 놀러 다니기 바빴고

농사철에는 영글지도 않은
고사리손 비비며
농기구 어깨에 메고
부모님 따라 농사일 거들다가
햇볕에 그을려 지친
얼룩진 석양의 그림자 아래로
산그늘이 더듬더듬 어둠을 펼칠 때면

아버지는 쇠꼴 짐 지고 누렁소 앞세워
집으로 향하는 발걸음 빨라지시고
어머니는 잡풀과 실랑이를 벌이다가
저녁 준비 손놀림이 한창 바쁘시다

이름 모를 밤새들이
목청 다듬어 짝을 찾는 밤
희미한 등잔불 밝혀
배고픈 밥상 비우고 난 뒤에
밀려드는 잠버릇 견디지 못해 동화 속으로
무지개 꿈을 만나러 갑니다

몇십 년 세월이 멀리 달아나
사람 모습은 변했어도
동심의 환상 속에 떠도는
어렴풋한 기억에
그리운 고향의 풍경이 떠오르는 것은
곳곳에 묻어둔
빛바랜 꿈 조각이 아직도 살아서
언젠가 내가 돌아갈 수 있다는
또 다른 고향이 있기 때문이다

돌다리의 추억

눈물도 서러워 메말라 버린
등골 패인 눈물고개 허덕허덕 넘을 때
마을 앞에 가로지른 시냇물
큰 돌 작은 돌 어깨동무 나란히
개울을 건너 주던 고마운 돌다리

여름 장마 큰물에 작은 돌 떠내려가
이빨 빠지면 다시 주워다 끼워 주고
오고 가는 마을 사람 발길 받쳐주며
한세월 인연 맺어 정겨웠던 너

수십 년 세월 흐른 뒤 네가 머물던 그 자리엔
현대식 콘크리트 다리가 버티고 있어
정겨운 돌다리 너의 모습은
어렴풋이 옛 추억 속으로만 맴돌고
바람결에 흔들리는 무성한 갈대 풀 속에
옛 시절로 사라져버린 돌다리와
개구쟁이 고향 친구들이 그립구나!

비구니의 연가比丘尼 戀歌

삼라만상 잠재우며 홀로 가는 백옥 달빛
청정옥수에 넋을 잃고 하룻밤 몸을 던져
한시름 다 잊은 채 계곡 따라 흘러갈 때

맺지 못할 인연이라 임의 사랑 뿌리치고
걸음마다 눈물 심으며 산사 찾는 저 여인아
속세에 두고 온 임 천불 속에 묻으리라
장삼 폭에 가슴 덮고 돌아앉은 비구니야

앙가슴 도려내듯 풍경소리 밤새 울어
향 내음에 가라앉은 불경 소리 애 끓어도
여승당에 노을 덮어 내 마음을 태우리니
모질게도 매달리는 속세 인연 끊어 주오

태어날 때 뿌린 씨앗 운명대로 거두다가
비바람 눈보라에 한세월 묻어 덮으리라

빛바랜 추억들

한평생 조상님들의 피땀으로 얼룩진 논과 밭
후손에게 대물림하고
빈손으로 왔다가 빈손으로 떠나간
햇볕 모은 양지쪽 보금자리 유택들

철없던 시절 천방지축 쏘다니며
아름다운 꿈 조각들을 고사리손으로 다독여
사계절 비바람에 실려 보내고
한숨 서린 눈물고개 모질고 끈질긴 삶 포기 못 해
무작정 빈손 쥐고 도시로 꽃길 찾아
행복을 꿈꾸며 고향 떠난 사람들

서러운 타향생활 험난한 가시밭길 삶 앞에
눈물로 지워버린 고향 생각은
영혼이 잠든 조상들 무덤까지도
기억 저편으로 사라져버렸는가?
나이 드신 어른들은
고향 떠난 사람들 기다림에 지쳐
하나둘 머언 길 떠나려 서두르는데
일장춘몽 인생길이 허무한 삶이었네

산지기 못난 솔아

산주山主의 눈먼 욕심과
목상木商의 무지막지한 톱날에
밑동 잘려 핏줄 끈긴 나무들이 검게 썩어가고
그루터기 위엔 다람쥐가 올라앉아
두려움에 두 손 비비며 부르르 떨고 있다

조상님의 유택幽宅이 모셔져 있는 선산先山
돌너덜로 펼쳐진 산비탈
제멋대로 구부러지고 못생긴 소나무 형제들이
두려움도 난 몰라라 웅크린 채
몇 그루가 옹기종기 선산을 지키고 있다

목상 눈 밖에 벗어난 너희들은
한세상 다하는 그날까지
조상님을 숭배하며 아름다운 미덕을
후손의 본보기로 여기면서
청빈淸貧한 운명으로 살아갈
낙락장송落落長松
못난 소나무가 선산을 지킨다더니
네가 그 산지기 장한 청솔이었구나!

슬하膝下* 시절에

천방지축 망아지처럼 뛰놀던 몇십 년 전
부모님 슬하 시절이었지
여물지도 않은 설익은 꿈 조각들
어깨동무 모여서 겨울엔 손등 터져 피가 나면
엄마의 귀중품 동동구루무 훔쳐 바르며
고사리손으로 추억 담아
꽁꽁 묶어서 실려 보낸 지 수십 년!

촉촉한 눈물방울 배고픔 서러워
이 악물고 속속들이 빈 주머니 채우리라
끈질긴 삶 모진 인생길 움켜쥔 채
행복의 꽃길 찾아 고향 떠난 친구들

얼음골 타향생활 눈물로 배 채우고
가슴에 묻어버린 정든 고향 산천
코흘리개 추억들마저 기억 저편으로
쓸쓸히 멀어져갈 때

비바람 눈보라에 빛바랜 추억들은
세월 더미에 어렴풋한 그림자로 남아서
사랑방 화롯가에 주절주절 입방아로
고향의 옛이야기 되어 외롭게 떠도네

*슬하膝下란 부모님 밑에서 성장한 시기를 말한다.

시詩를 사랑한 소년少年 1

예민한 감수성이 눈뜨기 시작하는 사춘기 시절
어설픈 풋사랑에 꽃물이 몸살을 앓고 있었네
평생 하늘에 매달려 빈틈없이 챙겨 뜨는 해와 달
자신만 돋보이려고 어둠만 찾아 나타나는 별빛들

눈도 지팡이도 없이 뚫어진 길만 찾아다니는
얄미운 바람과 심술 나면 두 손으로 얼굴 가리고
기분 좋으면 하늘 멀리 아름답게 떠도는 구름
강가에 서성이다 몰려들어 덮어버린 물안개 세상
개울가 버들가지 붙잡고 피어난 실안개마저도
소년은 눈먼 사랑에 빠져 넋을 잃고 말았네

가슴 울렁이듯 유혹하는 새봄의 아지랑이와
끈적거리는 짧은 여름밤이 가는 줄도 모르고
짝을 찾으려 애원하는 창가에 매달린
풀벌레들의 합창 세레나데
늦가을 산등성이에 눈부시게 휘날리는 억새꽃 무덤
긴 겨울 숨죽여 피고 지는 하얀 천사들의 춤사위
이 세상 만물 모두가 신비롭고 사랑스러웠네!

시詩를 사랑한 소년少年 2

귓구멍으로 오묘하게 들려오는 온갖 새소리들
눈동자에 아롱아롱 새겨지는 아름다운 풍경들
겉모습과 속마음이 철 따라 꽃향기도 다르지만
가슴 깊이 파고드는 설레는 사랑의 울렁거림
한 알 두 알 머릿속에 보석처럼 각인刻印되는
진주알 같은 시어詩語들이 소중했네

모양과 하는 짓은 저마다 서로 다르지만
미운 놈은 미운 대로 귀여운 놈은 예쁜 대로
한세월 주고받던 설익은 정이 귀여워
구석구석 한 땀 한 땀 진주알처럼 솎아낸
아름다운 시어詩語들의 종자種子들은
시인들에겐 소중한 보물들이며 인생의 꽃이라고
쓸쓸한 황혼이 손 내밀어
마지막 어둠의 미소가 힘없이 내려앉는 그날

한세상 손때 찌든 널브러진 삶 한 올 한 올 꿰어
풀 매김 하여 오색 매듭 고이 엮어 옷고름에 매달고
예쁜 꽃돗자리 하나 만들어 어깨에 둘러메고
언덕 넘어 어정어정 산길 따라 고요한 숲으로
꿈길인 듯 시처럼 추억 길 따라서 가리라

야생의 숲으로 날다

끈적끈적한 여름날 시원한 바람이 그리운 저녁
까끌까끌한 멍석에 식구들 모여 앉자
오붓하게 저녁을 먹고 하얗게 찐 감자 바가지
가운데 놓고 밤하늘 바라보며 별 하나 나 하나
별빛들이 깜박깜박 졸음을 쫓다가
별똥별 어디론가 은하수 오작교 다리 건너
임 찾아 한달음에 달려가고 어둠을 쪼아대던
밤새의 부리가 여명의 눈치를 본다

별이 총총 달빛은 휘영청 도랑물 소리 자장가로
삶의 행복이 초야에 묻혀 잠들고
찬 이슬 털어가며 어둠의 다리를 건너
여명이 눈뜰 때면 청아한 고운 새소리에
밤새 잠긴 귀가 열리고
눈부신 따뜻한 아침 햇살 가슴으로 포옹하며
답답한 시름 털어내려 야생의 맑은 숨결로
텁텁한 오장육부를 씻을 때

어느 날 새 한 마리 야생의 숲속으로 날아와
조금씩 여유로움에 어두운 그림자 멀어지고
따뜻한 햇볕이 다가와 창문에 입술을 맞춘다

유유자적悠悠自適

현대문명 속에서
원시적 바람이 스쳐 가며
맑은 시냇물이 흐르는 산골 그곳에서
산마루에 걸터앉은 뭉게구름 벗 삼아
뽀얀 막걸리 사발에 덧없는 인생길
글 한 줄 띄워놓고

한세상 쌓인 미움
마곡천 맑은 물에 흘려보내
오욕汚慾으로 더럽혀진
몸과 마음 가다듬으며
저 하늘이 손짓하는 그날

불심 잠든 태화산 자드락 길가에
내 육신 고이 묻어
한세상 무상한 삶
산막山幕 품 안에 안산安山으로
영혼을 잠재우리라

임자 잃은 무덤들

앞산 솔밭 사잇길마저 사라져버린 묘지 위로
참매에 놀란 까투리가
비명을 지르며 날아올랐다

우거진 풀숲 여기저기 볼품 사나운 무덤들
발길을 끊어버린 자손들을 서운한 눈초리로
몇 년째 지켜보고 있다
한때는 가지런히 정성 들여 다듬었을
조상의 무덤이었을 텐데
수없이 흘러간 세월에 벌초하는 것도
이제는 지쳐버렸나

현대문명 핵가족화로 자손이 끊겼는가?
이기주의 시대 따라 효심도 변했는가?
자손들 기다림에 지친 잔디 봉분은
황토 거죽 드러내며 흉물스럽게 흘러내렸고
한술 더 떠서 멧돼지도 먹이 찾느라
사방팔방 덩달아 헤쳐 버린 엉망이 된 무덤이
오가는 행인의 눈길에 매달리듯
안타깝고 씁쓸한 마음
한동안 붙잡고 놓아주질 않는다

장독대

돌담 끝 한쪽 귀퉁이
얌전하게 자리 잡은 터
햇볕이 뜰 때부터 질 때까지
가장 오래 머무는 곳
아낙들 고운 손길이 사계절 드나들며
변덕스러운 식구들의 입맛을
감칠맛 나게 하는 곳

할머니 어머니 며느리
대를 이어 정성으로 다져둔
구수한 장맛의 숨결이 고여
숙성되어 가는 곳

옛날부터 전해온
우리 조상들의 명품 세 가지
간장 된장 고추장
이곳이 기초적인
우리나라 전통 양념 삼 형제
없어서는 안 될 집안에 반찬 곳간이다

참된 삶 인생 공부

이 세상에 태어난 지, 열여섯 해
겨울 찬바람 잔재들이 설쳐대던
이른 봄 어느 날
사회 초년생으로
밤새 설레며 잠 못 이루고
말로만 듣던 상상의 서울 길
첫차 타려 설친 잠 눈 비빌 때
내 마음 알지도 못하면서
새벽닭 울음이 단잠을 깨우네

고등교육 학식은
책상 서랍장에 꽁꽁 쟁여 놓고
긴 가방끈은 접어서 오막살이 기둥에
둘둘 말아 붙잡아 매어놓은 채로
외로운 타향생활 차가운 인심을
까마득하게 알지도 못하면서
일찍 집으로 돌아가지 못한
게으름뱅이 새벽 별 몇 놈 앞세우고
찬 서리 밟아가며 고향 집 사립문 나설 때
그렇게 마음이 서글펐지요

그 시절 어디 나뿐이랴
솜털도 채 벗지 못한
시골에 수많은 어린 텃새들
언제 돌아온다는 기약 없이
외로운 여정의 철새 되어
보금자리 둥지 떠나는 냉혹한 삶의 전선

몇십 년 에둘러 바람 세월 쫓다 보니
관절 마디마디 무뎌지는 소리가
허탈한 가슴 두드리며 아픔을 호소할 때

학창 시절에 잇지 못한
설움의 긴 가방끈은
타향에서 싸늘하게 식어버린
서러운 눈물 보따리로
참된 삶의 인생 공부로 맘 달래고
어느 날 아픈 추억을 지우려 귀향하는
쓸쓸한 철새 한 마리 애련해 보이네!

폐가의 운명

나지막한 산 끝자락 비스듬히
소쿠리처럼 아늑하게 들어간 곳
햇빛도 아침부터 저녁때까지
자유롭게 머물다 가고

그 옛날 보릿고개 넘으려
줄줄이 딸린 어린 자식들과
비바람 찬 이슬 피하려고
돌과 황토로 대충 지어 살던 초가삼간
오막살이가 목구멍에 거미줄 치기 전
가난에 지쳐 이미 버려진 지 오래다

토막토막 바람에 잘려 나간 애증의 세월 속에
파편 조각들이 깊은 후유증으로 남아
삶을 포기한 채
애처롭게 벌렁 누워있어

낮에는 시끌벅적 온갖 텃새들이
신나게 주인공 없는 잔치판을 벌이고
밤에는 쫓고 쫓기는 생사의 갈림길에서
고양이와 들쥐들의 전쟁터
단장의 비명이 어둠을 갉아먹는다

귀여운 소년 소녀가
사계절 뛰놀며 꿈을 키우던
마당 정원에 예쁜 꽃들은
주인 따라 이미 사라져버리고
지금은 들풀만 가득 찬 잡초 전시장
거친 풀 더미 사이로
발 디딜 틈이 없다

가난에 쪼들린 오막살이 그 시절
부모들의 탄식과 몸부림은
한숨 바람 되어
하늘 끝으로 날아가 버리고

그 시절에 철없이 뛰놀던
그 소년 소녀들의
아름답고 귀여운 희망의 꿈은
어느 곳에 영글어 나래를 폈는지?

춘 마곡사春 麻谷寺 추 갑사秋 甲寺

연분홍 진달래가 손짓하는 어느 봄날, 설레는
봄바람에 고운 임 찾으려 청산유수 꽃길 따라
운암雲岩골 마곡사麻谷寺를 찾아왔네
어느 누가 태화산泰華山 마곡사麻谷寺를
꽃 대궐 춘마곡春麻谷이라 했나
삼라만상森羅萬象 억조창생億兆蒼生
봄바람에 풍경風磬소리 공덕功德 쌓으며
운암雲岩골 춘 마곡春 麻谷 천년 만년
무아지경無我之境 자비慈悲롭게 흘러가거라

만추의 오색단풍 불타는 계절 오가는 발길마다
갈바람에 불심佛心 실어 심심산골 물어물어
차령산맥 계룡산鷄龍山 갑사甲寺길을 찾아왔네
어느 누가 계룡산鷄龍山 갑사甲寺를
만추晚秋의 추 갑사秋 甲寺라 했나?
법당에 독경讀經 소리 산울림에 젖어 들고
계룡산鷄龍山 자락 단풍丹楓으로 물들 때면
차령車嶺 숲속 추갑사秋 甲寺 아름다운 그 이름
천년 만년 변치 말고 불심佛心 안고 흘러가거라

향수 鄕愁

철없던 시절 동무들과
눈뜨고 밥 먹으면 산과 들로
냇가로 첨벙첨벙 망나니처럼 날뛰면서
여기저기 꼭꼭 숨겨놓은
내 인생 귀중한 보물단지를
어찌 쉽게 잊고 지울 수가 있으랴!

얼마나 그리움이 사무치기에
눈 감으면 고향 산천 꿈속에서 헤매고
눈 뜨면 고향 하늘 한달음에 달려가네

이 몸이 태어난 어머니 품속 같은 곳
그리운 고향 사랑의 보금자리
따뜻했던 둥지!
행복했던 요람!
꿈속의 놀이터!

2부

어둠 속에
우는 아이

개똥이와 언년이

한세상 사계의 굴레 벗어나지 못한 채
풍운의 인생길에서
삶의 애환 속을 헤맵니다

상쾌하게 맑은 날은 기분 좋아
콧노래 즐겁게 흥얼거리다가
어쩌다 흐린 날은 심술이 발동하여
울컥거릴 때도 있답니다

숙명이란 등짐은 죽어서도 풀지 못할 숙제
운명이란 보따리도 누구나 거쳐 가는 장애물
인생의 도박

지우고 싶은 응어리진 아픈 미움이기보다는
사랑이 느껴지는 가슴 따뜻한 사람으로

그 옛날 다정한 별칭
개똥이와 언년이란
순수하고 티 없이 순수한 이름을
기억 속에 오래도록 남겨주오

길목에서

행복은
바람이 머무는 인생길에서
미움과 욕심과 질투와 분노를
슬기롭게 잘 다스려
평화로운 마음이 잘 영글어 가는
수행의 열매이고

진실한 사랑은
가림 없이 포용하며
누구에게나
따뜻한 마음으로 품어주고
아름답게 피었다
소문 없이 시드는
한 송이 예쁜 들꽃이다

꿈속에 내가 있다

삶에 선물은 주어진 대로 탐욕 없이
부끄럼 없는 행복 고이 담아
벌레 먹지 않고 곱게 물들어
아름다운 낙엽으로 가는 길

없으면 남들에게 무시당하는 세상
손발이 무디도록 억척같이 살아가는 사람들
욕심만큼 따라주지 않는 돈도 명줄도
생각처럼 움켜쥘 수 없는 행복도
모두가 타고 난 자신의 숙명인 것이다

욕심이란 기억이 지워지기 전까지
달아나지 않는 괴물이고
아무리 채우려 해도 채울 수 없는
부질없는 허망한 꿈인 것을!

내일 아침 붉은 태양을 만나려
오늘 밤도 간절하게 건강을 기도하며
실낱같은 숨소리로 조용히 잠드는 밤

나그넷길

무심한 바람결에
내 갈 길을 물어봐도
알면서도 야속하게
두 손을 내저으며 펄쩍 모르는 척하고

꿈같은 구름 인생
너에 운명을 물어봐도
사노라면 느낄 수 있다고
고개를 절레절레 딴청 피우며 눈을 감네

희로애락 사연 속에
세월에 떠밀려 가다가 지치면
아침나절에 떨어지는 차가운 이슬 되어
허무한 인생 놀음에 하늘 땅 가는 길이
눈앞에 어른거린다오!

노동의 새벽

이미 쓰레기 더미에 묻혔어도
아까울 것 없는 낡아빠진 가방에
허름한 작업복을 챙겨서
밤새 잠겨버린 목구멍을
헛기침으로 뚫어가며
여명이 눈뜨기 전
새벽 일찍 지폐 조각을 주우러
노동 현장으로 발걸음을 재촉합니다

늙어빠진 오래된 고물 버스가
빈 몸으로 달려오면서도 힘이 달리는지
애처로운 가쁜 숨소리를 헐떡이며
정류장에서 길게 한숨을 내 쉬더니
난방 기계는 속병을 앓고 있는지
미지근한 콧김만 콜록콜록이다

밤새 얼어붙은 차창 밖으로
새벽 별 몇 놈이
차창 안을 기웃거리다가 달아나고
승객 대부분 꾀죄죄한 옷차림
노동자 모습이다

어제저녁
퇴근 시간 포장마차에서
입에다 게거품 물어가며
육두문자 안주 삼아
현장 반장 욕하며
인생 넋두리
화풀이 술기운이 남았는지
눈동자는 충혈되어 풀려있고
역겨운 안주 입 냄새
속이 구역질 나듯 메스껍다

난 그래도 애써 참아가며
그들의 호흡 속에 묻혀
소중한 삶의 꿈 조각을 주우려
오늘도 새벽 일찍
노동 현장의 문을 열면서

날 보고 어쩌라고

세월아! 꾸물대지 말고 거침없이
강물 따라 신바람 나게 흘러가거라
왜 이렇게 더딘 황소걸음이더냐?

어제까지만 해도 빨리 성인이 되어
자유롭게 연애하며 술 마시고 담배도 피우며
결혼하여 알콩달콩 행복하게 살고 싶다더니
오늘날에야 무디게 인생길이
화살처럼 빠른 걸음인 줄 이제야 알았더냐?

기둥뿌리 썩는 줄 모르고 네 뜻대로 천방지축
동서남북 욕심만 채우려 한세월 떠돌다가
세월아 쉬어 가자 이제 와 병들고 지친 몸
나를 원망하면 어쩌란 말이냐?

발버둥 치며 못난이 짓 넋두릴 하지 말고
기억이 지워지기 전 그나마
지은 죄 용서를 빌고 앙갚음 반성하며
지나간 삶 뒤돌아보며 응어리 풀면서
남은 세월이나 하루해를 열흘처럼
소중하게 쓰다가 놀다 가시게

눈물 젖은 이력서 1

1954년 갑오년 10월 9일 음력 9월 13일
어른들께서 어떤 실수로 잘못됐는지 모르지만
호적으로는 한 살 줄어서
1955년 11월 29일로 기록되어있다

주변 사람들도 더러는
실제보다 한두 살 나이가 줄어
때로는 불편한 점도 있지만
실제로 옛날 행정은 잘못된 점이 많다

초등학교 6년 졸업
그리고 서당 2년 논어論語까지 배웠다
서당 개도 1년이 모자라
풍월風月을 할 줄도 모르고
병력에도 학력 미달이라서
면제되어 기록할 것이 없고
언젠가는 내 삶에 기록되어야 할
사망 연월일 붉은 글씨 공란 " "

눈물 젖은 이력서 2

16세 어린 나이에
무슨 이력이 있겠냐 만은
애당초 학력이 짧아 이력서를 제출하는 직종은
꿈마저 접어야 했고
이력서가 필요 없는 막노동 현장에서
삶의 길을 열어야 하는 기술로
고난의 여정이 시작되는 인생

때때로 이어지는 친구들 모임 자리에서도
학교, 군대 이야기가 화재 거리로 떠오를 때면
나는 죄인 아닌 죄인으로
재판정 피의자 신분처럼
꿀 먹은 벙어리 되어 듣기만 하는 편이었다

사람마다 각양각색 자라온 환경도 다르지만
명함에 빈틈없이 들어찬 태산 같은 학력에 기죽고
눈부실 정도로 화려하게 살아온 수상 경력들이
한없이 부럽기만 하더라!

눈물 젖은 이력서 3

이력서가 평생 삶의 향방을
저울질하는 것은 아니다
산전수전 밑바닥부터 온갖 설움을 극복하고
불행했던 그늘진 내 삶에 과거를
살아오면서 행복으로 승화시킨 것이
되레 더 빛나고 떳떳한 인생인지도 모를 것이다

한때는 학구열에 부족했던
열성과 노력은 변명으로 늘어놓고
죄 없는 가난을 탓하며 부모님을 원망했지
부모 마음을 아프게 했던
철없던 지난 시절 용서 빌며
가난은 죄가 아니라는 옛말처럼
부끄러워하지 않으리라 기죽지 않으리라

여기까지 힘겹게 걸어온
내 삶의 자드락 둘레길에
힘찬 격려의 박수를 보내고 사랑하면서
떳떳하고 자랑스러운 내 인생의 이력서를
남에게 내놓을 만한 자랑도 아니지만
부끄럼 없이 남기렵니다

능소화

농부는 죽어서 한 줌 흙이 되려고
이른 봄부터 늦가을까지
그렇게 한평생 흙을 사랑했는가?
아낙은 또 그렇게 한 줌 재가 되려고
새벽 별 졸음 깨워 저녁 어둠까지 삼키며
아궁이 앞에서 한세월 불을 지폈나 보다

어느 날 마지막 어둠이 다가와
흙으로 돌아갈 때쯤이 오면
당신이 좋아하는 예쁜 꽃씨 하나
남들이 넘보지 못하게 노 간주 섶 울타리 밑에
사랑 새겨 묻으리라

그러다가 마른 잎새 하나
빨간 불티 속에 한 줌 재가 되어
이승 떠난 넋이 피어오르면

당신 찾아와 밤마다 보란 듯이
달빛 서성이는 마당 가 섶 울타리 타고
주홍 등, 불 밝히는 능소화凌霄花로
아름답게 피어나겠소, 당신을 사랑하기에!

사는 게 다 그렇지

이 세상에 태어나
부모 슬하 철부지 시절은
봄볕에 눈 녹듯이
노루 꼬리 아지랑이 되어
저 멀리 꿈속으로 사라져버리고

어느 날인가 기억조차 희미한
활짝 핀 꽃송이 청춘 되어
인생이란 삶의 봇짐을 지고
거침없이 달려온 수십 년 세월에
나도 모르게 가까이 다가온 쓸쓸한 가을 들녘

영근 씨앗 하나둘 셋 여기저기 털어 버리고
마누라 아님, 영감 혼자 남겨두고
혼자 떠날 생각에
노을빛 산기슭 바라보는 외로운 그림자 하나

누구나 다 그런 거지 뭐!
사는 것이 다 그렇지 뭐!
갈 길 바쁜 나그네의
허둥지둥 발걸음이 애처롭구나!

영과 육의 갈림길에서

숨죽인 어둠 속
긴 겨울 무던히 견디내고
쌀쌀한 입춘 문턱 살그머니 넘어
새봄을 준비하는 가냘픈 생명들
눈 깜짝 봄볕 포근하게 여린 맘
초록의 향연에 잠시 취하여
세월 잊은 듯 방황하다가

어느새 푸르른
여름 강 건너려는 삶의 여정
열병 걸려 견디다 못한 행렬들이
훌훌 다 벗어주고도 모자라
시끌벅적 그늘숲으로
한바탕 몰려들어
한 움큼씩 더위를 토하고
더위에 지쳐 숨찬 여름 태양
한시름 덜며 돌아가다가

파랗게 질린 높은 가을하늘에
초록의 싱싱한 나뭇잎들이
세월의 덫에 발목이 잡혔다!

저승꽃으로 번져가는 가을 단풍
마지막 산소 공급도 힘에 부쳐
끊어질 듯
팽팽하게 긴장된 시간 앞에
비비 마른 근육을
끌어당기려 애써보지만

작은 소리에도 몸을 떨다가
차갑게 뒤집힌 바람에 차여
핏기 잃고 굳어버린 육신은
땅으로 곤두박질 처박히고

육신을 빠져나온
집 잃은 영혼이
바람 타고 정처 없이 기웃거릴 때
흘러가는 물길에 이름 지우며
걸어온 길 뒤돌아가는
영과 육의 갈림길

인과응보因果應報

건강을 잃으면 바람길 끝이라고
산과 계곡을 찾으며
육신을 담금질하는 사람들

아름다운 계곡 맑은 물은
날이 더할수록
거품 물고 썩어 가는데
개발의 가면을 쓴
어리석은 인간들 탐욕이
금수강산 곳곳에 함정을 파놓고
덫을 놓아 틈틈이 노려보고 있다

헤아릴 수 없는 지난 오랜 세월
조상 대대로 허기진 배 채워주던
문전옥답 곡창도 좀먹으며 사라져
아파트와 공장 물류창고로
탈바꿈되어 도깨비 세상 만들고
산허리는 두 동강이로 잘려
도로가 생기고 물길이 끈기고

삼라만상 모든 것들이
공생공존共生共存 하며
함께 살아가야 할 순수한 자연이
황폐되는 자연은
폐허의 늪이며 죽음의 길이다

죽는 순간까지 채워도 다 못 채울
어리석은 인간의 탐욕이
내려놓을 줄도 모르고
비울 줄도 모른 체 부질없이 끌어안고

이른 새벽부터 중장비 앞세워
살을 찢고 뼈를 절단하는 아픔에
산과 들 여기저기서 들려오는
소리 없는 안타까운 비명이
귀를 저리게 하는구나!

인생은 바람이었다

인생은 소리 없이 피어난
아름다운 한 송이 꽃이었고
흔적 없이 스쳐 지나간 한 점 바람

누가 보아주는 이 없어도
한 짐 짊어진 희로애락 숙명만큼
피할 수 없는 한 세월 머물다 가고
누가 챙겨 주는 이 없어도
거친 광야를 걸으며 주어진 운명대로
지혜롭게 스스로 길을 선택하여
한마당 즐기면서 삶을 이어 갑니다

때로는 고요하고 잔잔한 미풍이 되어
존재의 행복을 기뻐하며 춤을 추었고
때로는 미친 듯이 광란의 폭풍이 되어
지친 삶에 저항도 하면서
떠나갈 때는 인생 졸업장
신위神位 딱지 한 장 달랑 붙여놓고
인생은 잠시 머물다 가는
한 줄기 바람!

인동초처럼 살라네

색동 오색 아름다움
만추의 때깔이 지워질 무렵
빛바랜 갈잎 옷 훌훌 털어 버리고
억새 숲 흔들며
잠에서 깨어난 스산한 갈바람

나뭇가지마다 힘겹게 흐르던 수액
뿌리 끝으로 내몰고
심술 가득 찬 앙탈로
두 눈 부릅뜬 입동 칼바람
실오라기 하나 걸치지 않은
홀딱 벗은 나뭇가지들을
겨우내 앙칼지게 매질하고 있다

행복한 삶은 겸손할 줄도 알고
한세월 인생도
때로는 덤으로 알아야 한다면서

인생 꽃

평생 한 번 피었다 시드는
아름답고 소중한 인생 꽃을 아시나요?
누구나 평등하게 주어진 삶의 시간
그러나 행복과 불행의 교차로에서
소리 없이 오가는 각자 다른 숙명의 길

가는 길이 어딘 줄 알면서도
떠나는 날과 배웅하는 날을 알 수 없기에
어제의 슬픔을 오늘의 기쁨으로 보상받고
내일 날에 희망을 꿈꾸며

허탈하고 안타까운
하루살이 인생 꽃
그래도 더러는 건강한
백 년 삶의 아름다운 꽃이
마냥 부럽기만 하네

재생의 삶

바보처럼 어리석게 남의 슬픈 일인 줄만 알았지
내 앞에 다가온 청천벽력 같은
뜻밖에 아픔의 눈물을 쏟을 줄 몰랐습니다

어린 자식이 먹고 자라도록
여자에게만 조물주가 남겨준
소중한 모성의 젖무덤이 어느 날 갑자기 파헤쳐져
가슴벽 무너질 줄 누가 알았겠는가?

예리한 칼끝으로 가슴벽 도려내어
아픔 덮어 버린 뒤 측은하게 보는 눈 많아
움츠러드는 맘 서러워라!
티끌 같은 여린 생명 신께서 동행하지 않고
불쌍히 여겨 시간의 여유를 남겨주셨으니
그 얼마나 다행스럽고 고마운 일이던가!

그날이 올 때까지 남은 삶 잘 가다듬어
건강하게 머물다 그대 하늘이 부르시는 날
사그라져 가는 실낱같은 숨소리
조용히 감사하게 거둬 내려놓으시게나

천명대로 머물다 가야지

어머니 자궁 속에서 열 달
아버지 기도 속에서 삼백 일
아들딸 조물주에 명을 받아
탯줄을 자르고 광명의 빛을 얻은 생명 하나

누구는 부모 잘 만나 금수저 입에 물고 나와
호의호식 호강한 삶을 살아가고
누구는 부모 잘못 만나 흙수저 움켜쥔 채
주린 배 채우려 헤매 이기에 지친 서러운 세월
금수저는 살기 좋은 세상이라 흥청망청
흙수저는 빌어먹을 세상이라 투덜투덜

자신의 처지를 이해하지 못하고 소중한 생명을
똥 친 막대기 싸구려 인생처럼 길바닥에 팽개치고
금수저는 하루라도 더 살아야지
건강관리에 혀 깨물며 악바리로 운동을 하네

앞날이 궁금하여 점쟁이에게 물어보니
잘못된 지난 일들은 신기하게 들여다보고
내일의 운명은 긴가민가 신통한 답이 없다
빈손으로 왔다가 빈손으로 가는 인생
천명대로 주어진 삶을 순리대로 따라야겠네!

춘 마곡 불심春 麻谷 佛心

불심 찾아 떠도는 나그네 저 구름아
꿈 같은 인생길 백 년 세월 몇이더냐
운암골 마곡사에 꽃바람 불어오면
벌 나비 벗 삼아 불심 안고 쉬어가렴
태화산 자락 운암골에 노을이 찾아들어
속세 떠난 염불 소리 세상 시름 달래줄 때
대광전 추녀 끝에 풍경도 잠이 드네

초로인생 떨어져 가는 길은 마찬가지
욕심 번뇌 잊으려 헤매는 저 바람아
운암골 마곡사에 봄바람 살랑대면
중생들 동무 삼아 번뇌 잊고 쉬어가렴
마곡천 극락교에 잠든 바람 어둠 타고
천년고찰 목탁 소리 고달픈 삶 다독일 때
대웅전 처마 밑에 불심도 스며드네

출생의 비밀

계사년癸巳年이 저물어가는 끝자락
귀때기 바늘 끝으로 찌르듯
아픔이 파고드는 동지섣달 찬 바람이 매섭다

노루 꼬리만큼 짧은 햇빛의 그림자도
서산 너머 잠들어버리고 어둠 깔린 지 오래
우리 부모 일심동체 사랑으로 촛불 밝혀
이 세상에 애물단지 꽃씨 한 알 남기려
백년해로 기원하며 영근 씨앗 뿌리셨네

열 달 삼백 일 영근 씨앗 거두려
찬 서리 한기 속에 들국화 향기 날리는 늦가을
1954년 갑오년甲午年 열매 달 열사흗날
언제 사라질 별똥별이 될지도 모르면서
외로운 샛별 한 개 눈을 떴네
어릴 적에는 벽촌 피난 골 마을 바깥세상 어두워
사람 사는 세상이 모두가 이렇게 사는 거겠지
서러운 보릿고개 그렁그렁 한숨으로 토해 내놓고
오는 날도 가는 날도 모르면서
한세상 부질없는 욕심만 채우려
어느새 덧없는 인생길 여기까지 왔구나

한잠 자고 나니

하늘가에 떠돌던
구름 한 점
부모 사랑 홀짝홀짝
모두 받아먹고
마음 편하게 보내드리지 못해
불효 신세 죄인으로
가슴에 평생 맴돌아
답답한 가슴 움켜쥐고 살아가네

내 갈 길 아직도
머나먼 하늘길 남은 줄 알았는데
내 그림자 어느새
볼품없는 허수아비 되어
백골이 된 부모님 따라가려
뜰팡* 끝에 서성거리나

*뜰팡: 추녀 끝, 뜰이나 토방의 방언.

휴일 풍경

닳아 지친 육신과 흩어진 마음을 챙기려
달리던 발걸음 바쁜 일손 멈추고
시간을 풀어 놓은 체
숨 가쁜 삶을 잠시 추스르려는 휴일

게으른 눈뜬 별 몇 개 남산 첨탑에 걸려 허둥대고
어설픈 여명을 헤치며 먹이 찾는 비둘기의 눈빛이
밤새 주린 배 요기 채우려 움직임이 바쁘다

보장된 월급쟁이가 아닌
하루 벌어 하루 생활하는
뜨내기 일용직 근로자의
급한 마음을 내모는 무거운 발걸음이
올망졸망 모여 사는 비탈진 산동네의
골목길을 새벽부터 종종거리지만

여유로운 사람들은 아직도 한밤중
고운 햇살 내려와 마당 가득 퍼지르다가
방문 가까이 몰려들어 기웃거려도
등 돌려 모른 척 길어지는 늦잠이
내게는 꿈처럼 마냥 부럽기만 하네

3부

어머니의 뜨락

독백

고래 심줄보다 더 질긴
무상한 삶의 끈을 놓기가 아쉬워
그렇게도 지독스러울 만큼
몇 날을 지새우며
안쓰럽게 매달리든
가냘픈 생명 하나가

어느 날 그리 쉽게
바람 앞에 등불이 되셨습니다

님의 영혼을 한 줄기 연기 속으로
허무하게 고이 날려 보내드리고
님의 귀중한 한세상 삶을
허탈한 한 줌의 재로 남겨
소용돌이치는
가슴팍에 끌어안았을 때

서럽게 쏟아지는 뜨거운 그 눈물은
자식을 위해 남모르게
당신께서 한평생
가슴속에 모아 두셨던
사랑의 애물단지 피눈물이었습니다

애끓는 흐느낌 또한
당신께서 한세월 때때로
분하고 억울함을 말할 수 없어
울고 싶을 때 울지 못하고

웅크리며 삭혀 왔던
서러움이 깊이 박힌
옹이의 아픈 울음이었습니다

땅을 치며 울분을 토해내는
아픔의 통곡도
당신을 사랑했다고
살아 계실 때
따뜻하게 한마디
말하지 못한 불효의 미련에

천만리 머나먼 길
고운임 여의옵고
마지막 슬픈 이별이 남겨놓은
평생 후회의 몸부림이었나 봅니다!

매화꽃 필 무렵

-축시祝詩, 신랑 박혜성, 신부 이정윤에게

너와 나 천생연분 인연을 만나려고
몇십 년을
차디찬 엄동설한 긴 겨울 혹한 속에서도
설중매는 그렇게
인고忍苦의 시간을 보냈나 보다!

무르익어 피어나는 봄의 향기는 아직도
뜰 아래 망설이지만 매화꽃은 난 몰라라
몽우리 입 내밀고 터지려는데
오늘 너희 두 사람은 양가 부모님을 모시고
가족 친지 친구들의 뜨거운 축하 속에서 또다시
새로운 제2의 인생을 출발하는 시점에서
어른으로서 자유스러운 생활도 많이 있겠지만
반면에 모든 책임 또한 이제부터는
본인들의 몫으로 무겁게 돌아온 것이다

살다 보면 두 사람이 서로가 이견이 있을 때
시집 부모 형제나 처가 부모 형제들의 이름을
함부로 그 중간에 개입시키지 말아라
그것은 상대방에 감정을 더 크게 악화시켜
아무런 도움도 못 되고 불 속에 기름 붓는 꼴이니
너희 둘의 문제는 너희 둘만이 풀어라

사랑이 방황할 땐 팽팽한 줄 조금씩 양보하며
한 발씩 다가서서 미덕으로 이해하며
미움이 잠시 스칠 때는 매화꽃의 향기 담아
따뜻한 그 입술에 엷게 포개어 꼭 안아주거라

시집 처가 친정집으로 구분하여 마음에 두지 말고
다 같은 부모 형제처럼 공경하고 사랑하여
양가 모두 화기애애한 가족이 되도록
너희 둘이서 노력하거라 사랑과 이쁨을 받는 것은
모두가 본인들이 처신하기
따름이고 (이 세상에 절대로 공짜는 없단다)

먼저 손 내밀어 손잡아 주고 인사하고 미소 지으면
웃는 얼굴에 어찌 침을 뱉고 손가락질하랴!
어우렁더우렁 한세상 길을 걷다 보면 행복한 삶이
황혼의 인생길에서 옛이야기에 꽃을 피우며
향기로운 찻잔을 마주하고 있을 것이다

2023년 3월 19일, 음력 2월 28일

무쇠 가마솥

가마솥
너의 정겹고 순박한 옛 이름만 들어도
아련한 꿈길
밤새 걸어온 것만 같은
아등바등
보릿고개 넘나들던 지난날
힘겨웠던 생각에 콧등이 시큰하다!

가마솥 너는 태어날 때부터
아궁이 위에 올라앉자
시뻘건 불꽃
매콤한 연기에 목숨 걸고
우리 가족 생명을 위해
설움의 배를 채워준 고마운 가마였다

가마솥 너는 어머니의 가엾은 손길을
평생 잡고도 모자라
아내의 고운 손길마저도
거칠도록 염치없이 탐하더니
미운 정 고운 정
한세월 아우른 동반자였다

가마솥 너의
공허한 뱃속을 채우고 나간
곱거나 거칠어도
네가 토해낸 음식 모두
살아나기 위해 내 입으로 들어간
굶주림에 생명줄을 이어준 가마였다

거북이 등 같은
검정 무쇠 가마솥
거스를 수 없는 현대문명에 떠밀려
외톨이로 남아서
헛간 뒤편에 웅크린 채
수많은 친구가 떠나버린 지금
어쩌다 더러 눈에 띄는
너의 친구들을 볼 때면
함께 고생한 옛 생각이 떠올라
안타까운 눈길이
오랫동안 널 붙잡고
한동안 놓아주질 않는다

들국화 사랑
-빛고을에서

한 송이 외로운 들국화
거친 들녘에 아름답게 피우려
벌 나비 고운 사랑 당신 만나
한세상 행복한 둥지 꿈꾸었지요

수심 어린 달빛이 서성이는 밤
애처롭게 별 하나 눈을 감는다
사랑 담아 행복의 문 열어둔 채로
당신은 낯선 길로 그렇게
홀연히 떠나갔습니다

그리워라!
당신과 함께한 애송이 꽃피우던 시절
애지중지 가족사랑 행복했던 순간들
먼 훗날 가냘픈 한 송이 들국화
찬 서리에 설움 받는 그날이 오면
당신이 두고 간 떠도는 사랑 묶어
가슴에 꼭꼭 여미었다가
고향 뒷산 숲길로 그대 찾아가오리라

빈 둥지의 어미 새

이 세상에 천륜으로 맺어진 부모 자식 사이에
짝을 찾아 자식들 하나둘 떠나버린 허전한 둥지
지나간 어느 날, 끝내 암 덩어리 버리지 못하시고
하얀 눈밭을 걸어 아버지 하늘나라 떠나신 뒤로
홀로 남아 빈 집 지키는 쓸쓸한 어미 새

동지섣달 긴 밤에 문 틈새로 새어드는 찬바람도
막을 힘이 부족해 야윈 어깨 움츠리고
힘에 부친 숨결 가까스로 추스르며
초라하게 시드는 억새꽃 눈시울이 죄스러워라
자식들 환갑 지나 할아버지 할머니 됐어도
부모 앞에서는 항상 어린 자식처럼 느껴져

귀는 윙윙 슬피 울고 눈빛은 강가에 물안개처럼
깜박깜박 옛 기억 더듬으며
비 오고 눈 오면 새끼들이 걱정되고 보고 싶어
하루하루 자식들 그리는 맘
기억 끝에서 희미하게 멀어져 가는데 야윈 몸
손때 묻은 명아주 지팡이에 온 힘을 다하여
굽은 허리 힘겹게 펴고 산자락 노을 속 더듬으며
오가는 세월도 모르시는 애처로운 어미 새야!

슬픈 기억

이 세상에 태어나 짧은 세월 5년
솜털도 채 털어내지 못한 가여운 어린 새 한 마리
동짓달 갑자기 하얀 눈밭을 걸어서
별나라 동무들을 찾아
어둠을 타고 하늘 멀리 날아가고 있다
어미 새의 찢어지는
마지막 이별의 앙가슴 속을 아는지?
한밤중 젊은 어미 새 부부 가지 말라 부여잡고
두견새 피 토하듯 슬피 울고 있다!

그날 어미 새 가슴속에 시퍼렇게 뭉쳐버린
멍울 자국은 아마도 평생 그 응어리 풀지 못하고
어린 새끼 곁으로 찾아갔을 거다

몇십 년 세월이 그 아픈 흔적 밟고 지나갔지만
가냘픈 그 어린 새의 마지막 모습과
가슴 도려 찢어내던 어미 새의 몸부림이 어쩌다가
어렴풋이 떠오르는 것은 부모 자식에 혈연의 사랑
그리고 형제간의 애틋한 정 때문일 거다!

아버지의 분신 미라

죽지 못해 삶의 몸부림에 녹아내려 굽은 허리
관절을 자극하는 궂은 날씨에
괴로워하시던 아버지의 거친 숨결
여느 날처럼 동트기 전부터 사립문은 열려있고
우리 집 식량 창고인 논밭을 둘러보고 오셨다

깊게 팬 등줄기로 땀방울이 흘러내려 간지럽다
진땀에 억눌린 맥박과 숨결도 고르지 못해
한평생 자식들의 먹잇감으로 진이 빠진 육골은
구멍 숭숭 뚫린 엿가락처럼 위태로워 보이고

아버지와 한세월 동고동락하던
까맣게 손때 찌든 지게가 헛간 구석에 벌렁 누워
돌아오지 않을 줄 알면서도
이미 떠나버린 주인을 기약 없이 기다리며
무심히 허탈한 지난날을 회상하고 있다

애옥살이

자식들 배고픔 채우려고 먼 하늘 바라보며
굶주림에 고개 숙인 채
눈물 강 건너려고 눈물짓던 그 시절
조상님들은 굶기를 밥 먹듯
목구멍 풀칠하려 나무 팔고 날품 팔아
모질고 끈질긴 삶 앞에 고개 떨구고
다랑이 산골 논에 육골 묻어가며
자갈밭에 손끝 무디게 피땀 흘리셨네

조상님들은 논밭에 한숨만 토해놓고
빈손으로 떠나려 빈손으로 오셨던가?
환갑 고개도 넘기 힘에 부쳐서
양지쪽 산언덕에 따뜻한 햇볕 모아
불쌍한 영혼들이 잠드신 무덤들!

낮에는 햇볕 담아 건강해라 빌고
밤에는 달빛 모아 행복해라 빌며
별빛 속에 꿈꾸는 자손들을 지켜보면서
바람결 인생길은
일장춘몽 허무한 삶이더라

약속約束

우리 부모 정화수 떠 놓고
사랑 엮어 한 몸 되니
씨알 하나 열 달 만에 만삭으로 영글어
이 세상에 초로 생명 외롭게 남겨놓고
하늘나라 쓸쓸히 눈물로 떠나셨네

부모님이 정성 모아 뿌린 씨앗
남보란 듯 아름다운 꽃 피워
행복은 이 자식이 시렁 위에 올려놓고 주워 먹고
사랑은 제 자식에게 골고루 나눠주며
못난 자식, 멋진 인생, 부끄럼 없이

한 점 바람이 지쳐 사그라져
낙엽 지는 날
주루막에 술병 넣어 짊어지고
부모님께 인사드리러 가렵니다

어머니의 뜨락

사계 중에
어머니의 속정처럼
포근한 봄날!

기나긴 겨울 여정
봇짐 챙겨 떠나가고
숨죽여 채비한 새봄
만물들이 꿈틀거리며
어머니의 뜨락
꽃밭에도
기지개를 켜기 시작했다

어머니의 정성으로
화려하게 무지개 꽃 물든 여름
방풍 수국 도라지 백합 금낭화 채송화

수많은 꽃이 점점
더워지는 여름 햇볕에
신명 나는 잔치판을 벌이며
어머니의 예쁜 뜨락을
가꾸어 나가고 있다

여름 땡볕 더위에 지쳐
수그러질 때쯤
산 너머에서 다가오는
울긋불긋 가을 단풍 여인들
여름내 영근 씨앗 거두려고
서둘러 애쓴 흔적
어머니의 속정이
고스란히 묻어있다

머지않아 다가올
겨울 혹한 찬바람
사계 속에 무거운 짐
하나둘 내려놓고
육신은 흙으로 영혼은 허공으로
어머니의 뜨락에도 빈손 털어
이별을 채비하는
허탈한 삶이 무상無常해라!

어머니와 반짇고리

몇십 년 손때 찌든
반짇고리가 반질반질 빛이 곱다!
그 안에 내용물은
가위 바늘 단추 실과 고무줄이다

낮에는 밭일하고 저녁이나
눈비가 내리는 날이면 식구들
해진 옷을 꿰매고, 떨어진 단추 달아주고
헐렁한 바지 고무줄 넣고
식구들 의복 수선하시며
수고비 한 푼 없는 야간근무 부업이다

손가락 마디마디 관절염으로 울퉁불퉁
환갑 때 기념으로 해준 반지도 끼워지지 않아
어느 곳에 곱게 모셔 두었는지 보이질 않고
지문이 다 닳아빠진 안타까운
어머니의 거친 손길이
자랑스럽기도 하지만
바라보던 눈길이 너무 안쓰러워
잽싸게 외면하듯
방문 밖으로 달아나 버렸다

어머니의 영혼

어머니 한평생
끼니마다
가족들 배고픔을 채워주기 위해
아궁이에
시뻘건 불을 지피시다가

매콤한 시집살이 콧물
부질없는 인생 서러운 눈물
한세상 헤매이던 바람
조용히 숨 고르던 어느 날

당신의 육신도
불길 속에 누워
허망한
한 줌의 재로 남겨져
한 줄기 연기 속으로 사라지는
영혼이 될 줄도 모르고

불씨 붙은 부지깽이를 놓지 못하고
한세월 그토록이나 꼭 잡으셨소?

연대보증

부모님은 어쩌다가 너에게
해준 것이 없어 미안하다고
입버릇처럼 자책하셨습니다
자식을 이만큼 평생 걱정하고
정성으로 키워 주셨는데도 말입니다

그러면서 부모님은 한 걸음 두 걸음
뒷걸음질 치시면서 엉성한 머리칼 사이로
참빗질 갈래길 다듬어
외롭게 가야 할 길 손수 닦으셨지요

목과 등허리는 늦가을 붉은 수수 익어가듯
날이 갈수록 굽어질 때 무릎 어깨 관절 곳곳에
도배하듯 파스 딱지 붙어 있고
손끝 손 가죽은 솔 껍질 갈라지듯 벌어져
연고제나 반창고와 항상 동무하셨지요
부모님은 자식에게 모두 내주셨습니다

빚진 것이 있다면 그것은 부모 자식 사이에
혈연으로 맺어진 천륜 관계일 뿐입니다
이제 남은 빚은 제가 또 한 짐 걸머지고
부모님 곁으로 그렇게 따라가렵니다

영 미용실

영, 미용실
예쁜 정원에
원장님 손끝에서
사계절 피어나는
아름다운 색 다른 꽃대마다

미, 리부터
약속된, 중요한
만남은 아니었지만
대부분 안면이 있는 이웃 마을에
친구 아님, 형님, 동생, 어머니들

용, 서로 미움 덮어 가슴을 열어주고
남에 흉은 주절주절 눈치도 보며
동네방네 온갖 소문 이러쿵저러쿵
몇십 년째 귓등으로 듣다 보니

실, 속없는 세월 따라
그들 가슴 언저리에
어우렁더우렁 사랑의 깊은 정만
끈끈하게 숨겨 놓았네

울 엄니 시집오던 날

울 엄니 열일 곱에 시집왔네
열 살 열두 살 어린 자매 동생들
홀아버지 거친 손에 맡겨둔 채
가마 타고 임 따라 시집올 때
어린 새색시 마음이 얼마나 힘들었을까?

발걸음은 천만 근 땅에 붙어 안 떨어지고
마음은 천 갈래 만 갈래 갈기갈기 찢어져

이웃 할머니 아주머니들이 옷소매 붙잡고
만류에도 짜증으로 뿌리치며
우리가 미워서 도망치는 거지?
언니 말 고분고분 잘 따를게
가지 마 미운 아저씨 따라 가지 마
어린 소견으로 진심 어린 맘 투정하면서
옷소매로 연신 눈물 훔치며
울먹이며 서낭당까지 따라 나온 동생들
얼싸안고 엉엉 울고 싶은 맘
저 미운 하늘에 엄마는 보고 계시는가요?
눈물 자국에 얼룩진 입술 연지 볼 곤지

언니 보고 싶음 낮에는 해를 보아라
밤에는 달빛 속에 비추는 얼굴을 보고
그래도 모자라면 은하수에 별빛을 보자

너희들은 잠잘 적에
아버지 오른팔엔 둘째가 팔베개로 잠들고
왼팔엔 셋째 막내가 팔베개로 꿈을 꾸거라
먼 훗날 언젠가 우리가 어른 되어 늙어지면
옛 이야기되어 꿈속으로 흩어질 거야

울 엄니 호미 닮아가네

울 엄니 한평생 호미를 친구 삼아
아침저녁 땀방울 적시더니
비웃는 잡초는 끝내 뿌리 뽑지 못하고
영근 씨앗 몇 톨만 앞치마 속에 숨겨두셨네

땀방울에 깊이 팬 휘어진 등골은
앙상한 뼈마디 활처럼 굽어
명아주 지팡이 얼굴 가까이 아른거리고

호미를 벗 삼아 한세상 얼룩진
그 삶이 얼마나 사무치기에
애처로운 엄니의 등허리도
꼬부랑 할미 되어 먼지 구덩이 거미줄 친
텅 빈 헛간 기둥에 걸린
호미를 닮아가고 있구려!

저승 갈 때

여보시게 자네는 저승 갈 때
옥황상제께 무얼 가지고 가려나?

나는 일기장을 가지고 가겠네

고맙게 이승에 평생 살면서
시기나 질투로
지은 죄 있으면 벌 받고
욕심을 채우려다
남에게 앙갚음 일 있음
진심으로 용서를 빌며

혹 어쩌다가 착한 일 있음
고개 숙여 겸손할 줄 알면서
내 모든 것 거짓 없이 밝혀서
얼룩진 못된 그림자 모두 지워
부끄러운 삶
하얀 백지로 정리하겠네

죽살이 1

교통수단이라고는 멀쩡한 다리뿐
구불구불 산비탈 고갯길 넘어 십여 리 길
숨차게 걸어야 학교에 도착할 수 있었다

배움의 졸업장이 무엇이기에
여덟 살 꼬마가 열세 살 되도록 6년 동안
이름 석 자 까막눈 면하려고 새벽밥 풀칠하며
한 시간 넘는 산길을 허덕허덕 넘었다

눈비가 많이 내리거나 농사일이 바쁜 시기에는
이리저리 결석하는 날이 부지기수
죽살이치면서
산길 따라 고개 넘어 십리 길
고생한 보람으로 퇴학은 안 당했으니
다행스러운 일이었지

통신도 우체부가 걸어서 우편물을 전해주었고
마을에 초상이 날 때도 이웃 동네마다
청년들이 찾아다니며 부고장을 전해주었으며
밤중에 대명천지같이 밝은 전등불은
머나먼 나라의 동화처럼 꿈같은 풍경 이야기

죽살이 2

먹거리는 고구마, 감자, 옥수수, 조
먹어서 죽지 않는 곡물이나 채식들은
모두가 먹거리로 배 채웠으며
어쩌다 병이 나면 민간요법으로 치료하다가
그것도 안 되면 점쟁이나 무당을 찾았고
그러면서 시간을 모두 헛된 곳에 빼앗겨서
급한 환자는 억울하게 눈을 감거나
삶을 접어야 했으며

미혼이거나 어린 생명은 밤낮을 가리지 않고
그날로 마을 어른 몇 사람이 거적에 둘둘 말아
상여 아닌 지게에 송장을 짊어지고서 가까운 거리
산속에 대충 매장했으며 가족들 가슴속엔
까만 숯덩이 응어리만 화석처럼 남았다

죽살이치면서

겨우 모진 목숨 붙어 가쁜 숨 돌려 바라보니
하루해는 어느덧 붉은 노을 되어 저물어가고
어둠이 스며드는 깊은 산 속 어디선가
못다 핀 어린 영혼들의 설움 인양 그날 울어주던
접동새의 울음이 아직도 피를 토하는구나

지울 수 없는 벽화

가신 임 마지막 발길 서러워
부엉이도 밤새 슬피 울었나?

가지를 마오, 목구멍이 외치다 찢어져
피 토해 쓰러져도 지워진 임의 그림자
다시 보고 싶습니다

이제 가시면 다시는 못 옵니다
옷깃을 붙잡고 애원해도
떠나버린 임의 영혼은
다시 붙잡을 수 없으니

마지막 그 얼굴이
기억 속에 희미하게 퇴색되어
평생 지울 수 없는
내 가슴 속 벽화로 남아
저 하늘 구름 속에
눈물 머금은 빗물 되어
한평생 떠돌아다닙니다

추억이 깃든 마당

우리 집 가족사가 잠들어 있는 고향 마당
나 태어날 때 삼신할미가 탯줄을 태우며
칠성님 전에 무병장수 빌어 주던 곳
우리 형제자매가 짝을 찾을 때마다
사모관대 족두리 쓰고 마을 사람 축하받으며
온 동네 사람들이 축배 들며
맛난 음식 배 채우고 웃음 잔치 벌이던 곳

어린 자식 주린 배 채우려 도리깨질 키질에
우리 부모 육골이 녹아 붙은 황토 마당
부모님의 일그러진 초상만 나뒹굴어
나 어릴 때 조부모님 꽃상여 태워 마지막 길
슬픔의 눈물 모아 하늘나라 배웅하던 곳

희로애락 세월 속에 숱한 사연들을 모아서
바람 속으로 멀리 날려 보낸 흩어진 꿈같은 시간이
어제 일처럼 기억도 생생한데 이제는
아무도 찾아주지 않는 쓸쓸한 텅 빈 마당에
빛바랜 옛 추억 그림자만 외롭게 서성이다가
물젖은 솜뭉치처럼 저녁노을 어둠 속으로
무거운 발걸음이 뒤뚱뒤뚱 넘어질 듯 더디다

파종

늦가을 들국화
찬 이슬에 진주 달고
마지막 짙은 향기 날릴 때

잠방이 황소바람 불어와
언덕 위에
꽃바람 고운 임 만나
민들레 홀씨 하나
이 세상에 남기려

해와 달빛
삼켜버린 열 달 삼백일
생명 하나 불 밝혔네!

홀씨의 노래

거친 골바람 속에
홀씨 하나 얻으려고
당신의 소중한 삶도
피눈물 삼켜가며

사계 따라 온갖 정성
뒤처질까 거름 주고
시들세라 근심 걱정
아침저녁 물 뿌렸네

부부 사랑 일심동체
혼신으로 살던 임은

아버지
나비 되어 날아가니
어머니
사랑 꽃도 시들어가네

4부

저 별들은
내 마음 알까

그래서 사는 거라네

희로애락 세상 바람 타고
구름처럼 떠돌다 갈 인생
사서삼경四書三經 통달한 대학자일지라도
한세월을 호령하던 영웅호걸英雄豪傑도
사계 속에 불어오는
바람 소리 깊은 사연 알지 못해

항상 즐겁고 기쁜 일만 널브러져 있음
달콤한 인생 즐거운 삶을 모르지!
슬픈 일만 자주 생겨서
힘들고 무거운 짐만 된다면
뒤엉킨 머리 복장 터져 죽겠지
앞일을 미리 알 수 있다면
희망도 기대도 아무런 흥미 없어
아등바등 속속들이 사는 재미도 없지

그러니까
우리 인생은
쓴맛 단맛 다 보면서
운명대로 살다가
숙명 따라가는 거라네

꿈속의 사랑

밤마다 어둠 딛고
꿈길에서 찾아드는
사람 있었네

누구인지
기억에도 없는 사람
말도 없이 바라만 보다가
예쁜 미소만 남기고
어둠 속으로 사라지는
그런 무정한 사람 있었네

눈 뜨면
사라져 만날 수 없고
잠들면 만날 수 있는 사람

평생
인연의 끈이 아니라서
꿈속에서만 바라볼 수 있는
짧은 만남의 사람이래도
행복한 사랑 달콤한 꿈을
이 밤이 다 하기 전에
깨트리지 말아 주세요

나는 1학년 5반

1950년 6·25전쟁이 발발하여
3년 2개월 동안 127만여 명이 목숨을 잃고
1953년 7월, 3년 2개월 만에 끝난 전쟁
휴전한 지 8년
1961년 5·16혁명이 일어나던 해

아무것도 모르는 귀여운 소년 소녀들
1954년 전후로 비슷한 연배들은
앞가슴에 명찰과 손수건을 달고
초등학교에 입학했다

엄마 누나 손 잡고 처음으로 등교한
고만고만한 병아리 1학년
손바닥만큼 좁은 우리 집 마당과 비교하면
학교 운동장은 끝에서 끝이 안 보일 정도로
어린이들이 뛰어놀기엔 너무나 좋은
멀고 먼 하늘 마당이었다

1학년 5반 교실은 조금 외떨어진
학교에서 창고로 사용하던 곳
교실 바닥은 검은 흙바닥
나무로 된 2인용 책상 1인용 걸상에
지붕은 골 함석지붕으로

줄기찬 소나기라도 내리는 날이면
콩알 볶듯 귀가 따가울 정도로
말소리도 잘 들리질 않았다

저학년 때에는 빈부를 떠나서 학생 전원에게
미국에서 원조받는 강냉이 가루 죽을
학교에서 끓여주었다
그러다가 고학년으로 올라가면서
가정형편이 좀 여유가 있어서
도시락을 가져오는 친구들과 더러는
강냉이죽과 바꿔 먹기도 했다

그러다가 강냉이 가루 빵이 나와서
빵이 귀하던 시절
도시락과 바꾸어 먹기도 하면서
어떤 친구는 가정형편이 너무 어려워
남의 집 일이나 공장에 다니며 한 푼이라도
집안 살림에 보탬이 되고자
안타깝게 중간에
학업을 포기하는 친구들도 있었다

정확하게 알 수는 없지만
졸업생이 이백육십 명 정도
그래도 나는 보릿고개 시절에 어렵사리
6년 초등학교 졸업장을 자랑스럽게 받았다

문경지교刎頸之交*

문경지교刎頸之交 몇이더냐?
희로애락喜怒哀樂 한세상 머물다 가는데
주변에 이런저런 벗들은 많아도
생사의 갈림길에서 고통을 함께할 만큼
절친한 친구는 슬프게
한 사람도 보이질 아니하고

영겁永劫**의 세월이 몇 바퀴 구른다 해도
내가 잘못 살아온 건지
어리석은 사람아
문경지교刎頸之交 의리에 막역한 우정과
진정으로 마음 줄
영모永慕할 사람도 없는데

선견지명 내가 그곳까지 닿았다면
그러한 친구 만나고 그러한 여인 찾아
널 위해 내 목숨 아낌없이 내주고
당신 위해 내 순정 모두 쏟았을 텐데
자신이 우둔하고 멀리 보는 눈이 어두워
만나지 못하고 찾지 못했으니 누굴 탓할까?

평생

보람되게 해놓은 일없이 밥벌레 되어

걷고 또 걷다 보니

어느덧 하늘 끝

유유창천悠悠蒼天 멀리도 가까이도 아닌

눈이 부시도록 푸르른 하늘가에

생뚱맞게

오늘따라 괜스레

그리운 사람의 모습이

아스라이 떠올라

콧잔등이 시큰하도록 그 사람이

주책없이 보고 싶다!

*문경지교刎頸之交: 목이 잘려도 마음은 변치 않는다는 뜻으로 깊은 우
정을 뜻함.
**영겁永劫: 세상이 한 번 생겼다가 다시 소멸하는 시간을 말함.

무상 無常

밤새
어둠 속에서
들꽃들은 그렇게
따뜻한 햇볕이 그리워
찬 이슬 맞아가며
소리 없이 차가운
눈물을 흘렸나!

언젠가
가을이 찾아와
무 서리에 시들어
목숨을 내준다 해도

대꾸 없이 순종하는
한 송이
외로운 들꽃
너도 나를 닮았구나!

미지의 세상은

올 때도 혼자 왔으니 갈 때도 혼자 가는 길
자네 한 잔, 나도 한 잔
가장 인심 좋다는, 담배도 나눠 피우며
앞서거니 뒤서거니
생로병사生老病死의 길을 갑니다
부부 생활도 그저 씨 뿌림이나 먹고 살기 위해서
상부상조相扶相助 의지하며 정들어
한세월 동행하다가
사랑도 어차피 함께 갈 수 없는 곳

내가 먼저 자네가 먼저 떠나는 사람 잡지 못하는
알 수 없는 그곳 미지의 세상
갓난아이부터 백세 노인까지
떠나간 사람들 헤아릴 수 없이 많지만
천당에 갔단다 지옥에 왔단다
누구 한 사람, 저세상에 대한
궁금한 답이 없다, 그곳은 어떤 곳일까?
그저 다만 천당과 지옥으로 나뉘어
저승이라고만 말들을 합니다

바람의 약속

바람! 너는 누구의 떠도는 영혼이기에
한곳에 머물지 못하고 하늘 아래 허공을
그렇게 설쳐대며 헤매는 것이더냐?
바람! 너는 누구의 길 잃은 영혼이기에
땅바닥을 그토록 비벼대며
평생토록 몸부림치는 것이더냐?

한세상 머물면서 가슴에 품은 작은 희망
마음대로 넉넉히 채우고 가는 사람 몇이나 되며
가슴에 뭉쳐둔 응어리 흔적을
속 시원히 풀어놓고 가볍게 가는 사람은
몇이나 된다더냐?

바람 속에 얽히고설킨
희로애락 깊은 속내마저도
함부로 혀끝 내밀어 펼쳐 보이지 못하고

아름다웠던 삶에 기억들은
오색 매듭 고이 엮어
나뭇가지에 얼키설키 나풀나풀 걸어주고
잊어야 할 아픈 응어리 살포시 양지쪽에 다독여서
들국화 향기 가는 대로 시나브로 보내주마

별들에게 물어봐

밤하늘 별들은 여명이 찾을 때까지
어둠을 타고 무슨 생각을 밤새 하는 걸까
어느 시인이 별을 노래한 것처럼 아름다운
단꿈을 꾸다가 또 여명 속으로 깜짝 사라지지

어둠이 나래를 펴기 시작하는 초저녁부터
저 하늘 저 별들은
누구를 만나려 밤새워 기다리나
첫사랑 연인과 못 이룬 사랑에
지난날의 약속이 그리워
지울 수 없는 미련 때문인가?

널 가까이 볼 수도 만날 수도
네 마음과 대화도 나눌 수 없어
수많은 연인의 공허한 메아리와
어린이들의 신기한 궁금증을 모아
그리움만으로 들뜬 풍문만을 남겨놓은 채로
글과 그림과 이야기 속에서 날씨가 맑은 날
밤에만 보여주는 동경의 추억만으로 맴돌 뿐!

세상 사람들 남녀노소 모두가 좋아하는
그 이름 스타 별이라고만 합니다

사랑 묶어 행복 한 아름
-축시祝詩, 신랑 종범과 신부 양희에게

이천십구 년 양력 누리달 초이튿날
하늘이 맺어준 평생 인연
너희 두 사람 하나로 오방색 고운 매듭 엮어
오늘 부모님 곁에서 떠나보내려 한단다

부모와 자식으로 맺어진 혈연血緣은
진한 핏줄로 가슴속 꺼지지 않는 단단한 옹이의
광 솔 불빛으로 영원히 남겨놓고
어둠 속에서 반짝이는 반딧불이 사랑으로
풀잎에 알알이 맺혀있는 이슬방울 모아
행복의 씨앗으로 소중하게 여기며
둘이 손잡고 한 방울 두 방울
삶의 바구니에 열심히 담으려무나
살아가노라면 기쁜 날도 있으리라
그리고 슬픈 날도 있으리라

희로애락 삶의 무대는 누구에게나
다 같이 주어진 인생의 드라마 연속극이다
넘치는 애정은 살그머니 덮어주고
모자라면 미소로 다독여 채워주며
두 사람 모두 한순간의 분노로
사랑의 꽃을 시들게 하지 말고

아픔의 상처 덧나게 하지 말아라

사랑이 방황할 땐 서로가 한발씩 다가서서
팽팽한 줄 헐겁게 놓아 상대를 이해하며
힘들면 무거운 짐 내려놓고
출발할 때 모질게 먹은 마음 잊지 말고
잠시 충전하는 기분으로 쉬어가거라

그렇게 희로애락 세월 흐른 먼 훗날에
삶을 마무리하는 인생의 뒤안길에는
행복한 삶에 씨앗이 야무지게 영글어
두 사람은 가슴 벅찬 기쁨을 선물 받고
황혼이 아름답게 물드는 저녁노을에
향기로운 찻잔을 마주하고 있을 것이다!

오늘 너희 두 사람
가족 친지 친구들의 축하 속에서
짝지어 보내나니
처녀와 총각을 벗어난 사랑하는 아들딸아
금실 좋은 원앙처럼 행복해라 잘살아라!
부모들의 애틋하고 간절한 소망이란다

봄처녀 오가던 날

지난 늦가을 싸늘한 된서리 무겁게 밟아오던 날
시든 나뭇잎 연민의 정 떨쳐내고
하얀 서릿발 바늘 끝 촘촘히 야물게 여민 옷깃
아직도 맘 놓고 옷고름 매만지기엔
찬바람 곳곳에 나뒹굴어 어설퍼 망설여지는데

겨우내 얼음골 밑으로
작은 목덜미 타고 비비적거리며
조약돌 사이 흐르던 개여울 숨소리가
날이 갈수록 커지면서
지나간 여름 장마통에 생채기 난 버들개지도
발끝이 간지러운 듯 살며시 실눈 뜨고
두리번거리다가 얼른 꽃신부터 벗어 챙긴다

지난해 이맘때도 그랬듯이
수줍은 봄 처녀 싱숭생숭 설레는 맘
다독여 풀어놓지 못하고
새봄은 또 그렇게 설익은 첫사랑만
뒤뜰 매화 입술에 가여운 얇은 정만 남기고
연분홍 진달래 댕기 가지 끝에 매달아 놓고
어느 날 훌쩍 떠나려나 보다

시집가던 날

꽃다운 청춘에 무슨 사연 그리 많아
꿈나라 잠든 자식 난 몰라라 가시었나?
어린 자식 체온 서린 둥지
무정하게 덮어두고 돌아선
보고 싶은 울 엄마야!

사무친 그리움도 피눈물로 참았는데
떠난 사람 생각하면 무슨 소용 있나요
면사포 곱게 쓰고 임 따라 시집가던 날
홀아버지 눈시울이
불효 여식 가슴을 울리네

어린 자식 도와 달라 칠성님 전 빌고 빌며
피눈물로 가슴 적시며 떠나간 울 엄마야!
미운 마음 서러움에 한세월 묻어 놓고
못난 어미 원망하면 울 아버지 쓰러질까
드레스 움켜쥐고 임 따라 시집가던 날
홀아버지 거친 손에
임 사랑도 뜨겁구나!

인생길

도란도란 흘러가는
물소리에 귀 기울여 들으니
인생도 나처럼 덧없이 흐르다가
떠나가는 것이라고

무심하게 스쳐 가는 바람이 귀띔하네
인생은 나처럼 이 동네 저 동네 떠돌다가
사라지는 나그네라고

별들이 어둠 타고 초롱초롱 수군대네
인생도 나처럼 잠시 즐기는 마당극이라고

붉게 타는 노을이 아쉬운 듯 망설이네!
인생은 일장춘몽 꿈길을 걷는 것이라고

보름마다 차고 기우는 달빛이 말을 하네
인생은 생로병사 화무는 십일홍이라고

입춘入春이 오는 길

겨우내 한 해 먹이 집어삼키고
달랑달랑 동이 날 무렵
마지막 남아있는
동지섣달 묵은 길손을 보내려
고추바람은 그렇게
나뭇가지 끝에 매달려
소름 끼치도록
차가운 시선을 보냈는가

새봄을 맞이하려는 인고忍苦의 시간
삼라만상森羅萬象이 조용하게 숨 고르는 계절
묵언수행默言修行 길에 들어가 있다

작년 이맘때도 그랬듯이
이른 봄바람에 깨어난 입춘이
첫 방문객을 맞으려 댓돌 아래로
서서히 내려설 채비를 하고 있다

저 하늘에도 슬픔이 1

초저녁에 눈 뜬 아기별 형제
세상 구경 처음으로
아장아장 멋모르고 나왔네

등 뒤에서 다가와 시작되는
슬픈 운명의 눈물을 아는지 모르는지
철없는 아기별 형제 초롱초롱한 예쁜 눈빛

귀여운 우리 아가들 질긴 명줄 살펴주오
삼신할미께 빌고 빌며 둥지 속에 잠재워놓고
어둠 타고 무정하게 사라진
미운 엄마 별똥별 하나

평생 그리움 덮어
다정다감한 엄마란 이름을
차가운 눈물로
가슴에서 지웠습니다

저 하늘에도 슬픔이 2

밤새도록 힘겹게
어둠 헤친 아기별 두 개
찬 이슬에 얼굴 씻어
정신 차리고 험난한 세상을 바라보니

무정한 미운 엄마별
어디로 왜 떠났는지
짐작하기엔 너무 어려
이유도 모른 채 이미 사라져
차갑게 식어버린 별똥별 하나 보고 싶다

얼음 강물 풀리기 기다렸듯이
일찍 찾아온 새봄
눈물이 무엇인지 슬픔이 무엇인지
아무것도 모르는 어린 별 두 개
슬픔의 눈물로 출렁이는
거칠고 차디찬 강물 건너기가
너무나 무섭고 두렵다

저 하늘에도 슬픔이 3

이승의 업보가 눈가에 피눈물 고여
붉은 동백 저승의 영혼이 되었나?
이승의 응어리가 저승길에 한이 뭉쳐
청솔나무 옹이가 되었나?

동백 입술 깨물어 붉은 꽃신 만들고
청솔 옹이 다듬어 옥색 반지 만들었다가

먼 훗날 언젠가 애처로운 별 형제
내 곁으로 돌아오는 날
은하수에 오작교 다리 놓고
두 팔 벌려 기다렸다가
꽃신발 신기고 옥반지 끼워

미안하다 용서해라 내 딸들아
죄 많은 이 어미의 한이 서린
피눈물 뭉친 용서의 바람이란다

한 번 더 하늘이 내게 삶을 준다면
어떤 고난이 막아도 너희 샛별 형제 위해
목숨 걸어 그 빚을 꼭 갚아 주고 싶다
열배 백배로 꼭 꼭 꼭!

줏대 없는 삶

삼라만상 잠든 밤에
너는 어찌 잠들 줄도 모르고
고즈넉한 어둠을 더듬는가

여울목 물살도
다스리지 못하면서
오대양 육대주를 주무르고
삼복더위 식힐 줄도 모르면서
우악스러운 회오리 성을 내는가

너는 어쩌다가
한 점 생으로 태어나
동서남북 계절 따라

성난 듯 조용하고 죽은 듯 살아나서
하루에도 몇 번씩
죽고 살기를 되풀이하며
그림자도 없는 변덕쟁이
줏대 없는 삶의 생이구나

첫사랑

이미 오래전
한여름 장맛비 속에 쓸려간
널 향한 첫사랑 그리움
잊을 만도 한데

아무도 눈길 한 번 주지도 않는
개울가 모퉁이에 쪼그려 앉자
조잘조잘 두런두런 수군수군
흘러가는 물줄기를
우수에 젖은 눈빛 하나
쓸쓸하게 바라보고만 있다

오랜 세월 깊은 골패여
그 허전함이 채워지지 않는 것은
순수한 들꽃 사랑으로
아름다운 연정 묶어
장맛비 속에
멀리 띄워 보냈기 때문이다

태화산 마곡사

시기도 질투도 부질없는 탐욕도 버려라
삼라만상 중생들의 애절한 염원이런가!
태화산 자락 휘도는 운암 계곡 마곡천에
밤새워 불심에 젖어 피어난 물안개는
해탈 길 찾으려 한 점 구름 되어 떠돌고
운명이란 질곡에 묶여버린 무상한 삶이
극락교 난간머리 기대인 채 바라보니
대웅전 용마루에 곱게 내려앉는 노을은
처마 밑으로 내려와 묵언 수행에 잠들고
추녀 끝 외로운 풍경은 참선 바람을 잡는구나

태화산 운암 마곡 하루해가 잠들어도
노을 챙긴 달빛이 천년세월 동행하고
먹구름 어두운 밤이 중생들 눈을 가려도
불심 담은 별빛이 천년세월 지켜보네
잘나고 못났어도 인생길은 마찬가지
잘살고 못살아도 인생길 바쁜 사람 없어
운암 계곡 마곡 사찰 불심 담는 중생들아
너와 나 어우렁더우렁 한세월 동무 삼아
태어날 때 짊어진 업보 풀어가며
왕생극락 동행 길 훨훨 보듬고 가세나

파란 낙엽

거친 바람이
한바탕 휩쓸고 지나간 뒤
파란 나뭇잎 떨어져
안타까운 젊은 죽음에
하늘빛이 어두워지고

멀리서 먹구름 한 점
눈물 머금고 밀려와
빗물 떨구며 조문하면서
그래 떠나가거라
어차피 한 번은 가야 할 길

그러나 조금만 더 견디다가
가을이 찾아오면
친구들과 앞서거니 뒤서거니
마지막 여행길 떠나면
덜 서운했을 텐데

인생은 일장춘몽一場春夢
화무십일홍花無十日紅이구나!

순수의 미학을
가꾸어 놓은 시

이부용(시인, 영문학 박사)

해설

순수의 미학을 가꾸어 놓은 시

이부용(시인, 영문학 박사)

시詩라는 문학의 보석알 또한 외롭고 먼 곳에서 거짓 같은 진실을 찾아 고전苦戰하는 시인을 기다리고 있는 것은 사실이다. 거짓 같은 진실이란 현재까지 대중들이 발견하지 못했던 숨어있는 것을 파낸 진실이다. 회자되고 있는 '현실의 확장'이다. 이 고난의 작업을 통해서 시인은 성취감에 취하고 독자와 더불어 창조된 사물과 의미를 전하는 언어의 미학을 음미하게 되는 것이다.

"언어는 존재의 집"이라고 말한 하이데거의 말처럼 사물이 들어와 있는 밋밋한 현재의 그 언어를 새로운 언어들로 바꾸는 작업, 바로 이 작업이 한 편의 시를 일구어낸다. 그러나 꼭 이 낯설게 하기가 시작의 전부가 아니라는 무언의 전달이 와 닿는 서재원 시인의 시 속에는 순수성과 인간성의 갈등을 적시는 맑은 샘물로 흥건히 고여 있다. "시의 정의의 역사는 오류의 역사다"라는 엘리엇의 말처럼 일관성 있는 정의를 내릴 수 없다는 것임을 시사해 준다. 물론 그의 시에도 이 낯설게 하기의 돋보이는 무늬가 이곳저곳에서 시의 맛을 더해주고는 있다.

순수를 가꾸고 있는 서재원의 시들 가운데에는 인간

삶의 별빛이 반짝이는 시들이 눈길을 끌고 있다. 그의 시詩들은 공주시 유구읍 구계리라는 산촌의 고향과 그 가난한 흙과 더불어 오로지 자식들을 위해 생을 희생한 어머니 아버지에 대한 그리움, 그리고 그들의 편에 서서 산새들이 노래하고, 개울이 물소리를 지저귀고, 침묵하지만 야트막한 산의 짙푸른 숲과 이곳저곳 흐드러져 피는 야생화들의 진실을 펼치면서 그 속에 흐르고 있었던 부모님의 짙은 사랑을, 대체로 꾸민 흔적 많이 드러내지 않고 다소 투박하지만, 그러나 문명의 때 묻지 않은 자연석의 잔잔한 돌 같은 시어들로 깔아놓고 있다. 서재원 시인은 그 인간성의 발로이다.

어머니의 뜨락

사계 중에
어머니의 속정처럼
포근한 봄날!

기나긴 겨울 여정
봇짐 챙겨 떠나가고
숨죽여 채비한 새봄
만물들이 꿈틀거리며
어머니의 뜨락
꽃밭에도

기지개를 켜기 시작했다

어머니의 정성으로
화려하게 무지개 꽃 물든 여름
방풍 수국 도라지 백합 금낭화 채송화

수많은 꽃이 점점
더워지는 여름 햇볕에
신명 나는 잔치판을 벌이며
어머니의 예쁜 뜨락을
가꾸어 나가고 있다

여름 땡볕 더위에 지쳐
수그러질 때쯤
산 너머에서 다가오는
울긋불긋 가을 단풍 여인들
여름내 영근 씨앗 거두려고
서둘러 애쓴 흔적
어머니의 속정이
고스란히 묻어있다

머지않아 다가올
겨울 혹한 찬바람
사계 속에 무거운 짐
하나둘 내려놓고

육신은 흙으로 영혼은 허공으로
어머니의 뜨락에도 빈손 털어
이별을 채비하는
허탈한 삶이 무상無常해라!

이 세상 곳곳에 하느님이 다 가실 수가 없어서 대신 어머니를 보내시었다고 한다. 「어머니의 뜨락」은 가슴 깊은 계곡에서 울려오는 하느님의 사랑 아가페의 메아리이다. 서재원 시인도 어머니 생각에 밤잠을 설쳤을 것이고, 긴긴밤 잠에서 깨어나 어머니에 대한 생각은 흐르는 강물이고 그의 몸은 그 생각 위에 하나의 조각배로 떠 있었을 것이다. 그 강물 위에 펼쳐진 애잔한 그리움의 시로 조용히 클로즈업되는 것이다. 배어있는 질박한 효심을 들여다볼 수 있는 한 편의 거울이다.

아버지의 분신 미라

죽지 못해 삶의 몸부림에 녹아내려 굽은 허리
관절을 자극하는 궂은 날씨에
괴로워하시던 아버지의 거친 숨결
여느 날처럼 동트기 전부터 사립문은 열려있고
우리 집 식량 창고인 논밭을 둘러보고 오셨다

깊게 팬 등줄기로 땀방울이 흘러내려 간지럽다

진땀에 억눌린 맥박과 숨결도 고르지 못해
한평생 자식들의 먹잇감으로 진이 빠진 육골은
구멍 숭숭 뚫린 엿가락처럼 위태로워 보이고

아버지와 한세월 동고동락하던
까맣게 손때 찌든 지게가 헛간 구석에 벌렁 누워
돌아오지 않을 줄 알면서도
이미 떠나버린 주인을 기약 없이 기다리며
무심히 허탈한 지난날을 회상하고 있다

이 세상 등진 아버지는 다시 찾아오지 않는다. 본래의
참모습을 빼앗기고 희생의 굴곡으로 망가진 육신을 하
나의 미라로 회상하는 시인의 현재이다. 그러나 대체로
말이 없는 모든 아버지의 사랑은 무관심과 망각의 그늘
속에 잠들기 쉬운 것 같다.

아서 밀러의 작품 『어느 외판원의 죽음』에 나오는 윌
리 로만은 훼손된 자신의 존엄성과 가족의 위신을 되찾
기 위한 마지막 비극적 수단에 몸을 던진다.

자신이 이루지 못한 꿈을 큰아들 비프를 통해 실현하
고자 보험금을 노려 고의로 교통사고를 일으켜 스스로
세상을 떠나고 만다. 부성의 극치라고 하기엔 너무나
안타까운 죽음이다.

그러나 그의 죽음은 이 시대의 아들과 딸들에게 던지
는 하나의 숭고한 메시지이기도 하다. 서재원 시인의 아
버지 또한 묵묵히 가족을 위해 가난의 극치 그 깊고 험

난한 골짝을 걸으면서 뼈 문드러지고 살 메말라 갔던 것이다. 아버지라는 존재, 겉으로 보기엔 침묵으로 잠잠해 보이나 침묵의 바다 표면 깊숙이 바다의 거대한 물살이 흐르고 있었다. 이 세상 아들들과 그리고 딸들에게 보내는 메시지이다.

무표정한 이 아버지의 바다 깊숙이 거대한 사랑이 흐르고 있다. 자식에 대한 사랑을 죽음으로 완성하려는 윌리 로만의 비극에 그는 아버지라는 이름의 꽃 한 송이를 꽂아놓는다.

야생의 숲으로 날다

끈적끈적한 여름날 시원한 바람이 그리운 저녁
까끌까끌한 멍석에 식구들 모여 앉자
오붓하게 저녁을 먹고 하얗게 찐 감자 바가지
가운데 놓고 밤하늘 바라보며 별 하나 나 하나
별빛들이 깜박깜박 졸음을 쫓다가
별똥별 어디론가 은하수 오작교 다리 건너
임 찾아 한달음에 달려가고 어둠을 쪼아대던
밤새의 부리가 여명의 눈치를 본다

별이 총총 달빛은 휘영청 도랑물 소리 자장가로
삶의 행복이 초야에 묻혀 잠들고
찬 이슬 털어가며 어둠의 다리를 건너

여명이 눈뜰 때면 청아한 고운 새소리에
밤새 잠긴 귀가 열리고
눈부신 따뜻한 아침 햇살 가슴으로 포옹하며
답답한 시름 털어내려 야생의 맑은 숨결로
텁텁한 오장육부를 씻을 때

어느 날 새 한 마리 야생의 숲속으로 날아와
조금씩 여유로움에 어두운 그림자 멀어지고
따뜻한 햇볕이 다가와 창문에 입술을 맞춘다

　문명의 삭막함과 혼돈의 소용돌이 속에 지친 도시인
들은 어릴 때 자라난 산천초목 초록과 푸르름이 풍성한
고향이 그리워진다. 가슴속에 사무친 고향 그곳은 바로
어머니이며 마음의 때 묻지 않은 추억이 가슴 한복판에
똬리를 틀고 있다. 그 에덴동산 같은 고향 땅은 가난이
라는 상처의 영혼 한 부분이 부어올라 있었지만, 그 아
픔을 뒤로하고 사랑과 진솔의 꽃이 어우러진 낙원만이
꿈속에 넓게 펼쳐져 있을 뿐이다.

길목에서

행복은
바람이 머무는 인생길에서
미움과 욕심과 질투와 분노를
슬기롭게 잘 다스려
평화로운 마음이 잘 영글어 가는
수행의 열매이고

진실한 사랑은
가림 없이 포용하며
누구에게나
따뜻한 마음으로 품어주고
아름답게 피었다
소문 없이 시드는
한 송이 예쁜 들꽃이다

꾀부리지 않는 언어의 달콤한 향기를 발하며 시의 꽃을 피우고 있는 서재원 시인의 시 영토의 한쪽 변방이다. 행복한 인생은 삶의 부정적 요소들을 조용히 삭이어 기쁨과 만족과 가치 창조의 씨앗을 영글게 하는 수행과정이라는 놀라운 변전을 일으키고 있다.

삶의 길을 걸어가는 길목에서 생각한다. 그렇다. 행복은 일상의 부정不正을 말없이 삭이어 긍정의 생명을 이어주기 위해 여물게 영그는 씨앗 형성의 수행이고, 진실한 사랑은 누구에게나 따뜻한 온기를 안겨주며 피어나는

송이 꽃이다. 행복이 다시 태어나고 진실한 사랑이 눈을
뜨는 길목이다.

　풀리지 않는 가난을 등지고 반백 년 가까이 고향을
떠나갔던 시인에게 고향은 소멸하지 않고 마음 바다의
수평선 위에 내 아련한 옛 추억 다시 비추는 태양처럼
늘 떠오르고 있었다. 시인은 또 다른 한 마리의 새가 되
어 자연의 표본 같은 야생의 숲속 고향으로 되돌아온
지도 많은 긴 세월이 흘렀다. 그곳에 실존적 삶의 행태,
처절하면서도 무쇠 같은 의지로 가난을 이겨내면서 아
픈 짐을 지고 살았던, 어머니 아버지 인고의 자식 사랑
과 사랑의 침묵 앞에 엎드려 절하며 눈물을 흘렸다.

　필자는 이제 들판에 거짓 없는 꽃처럼 피어있는, 순수
의 미학을 가꾸어 놓은 서재원 시인의 시들을 쓰다듬으
면서 나는 그의 초등학교 졸업이라는 외로운 경력을 사
랑하며, 전 인류의 스승이자 구원자이시며 하느님이신
예수님이 초등학교도 나오지 않았다는 기념비 같은 비
석 하나를 시의 꽃밭 앞에 세워놓는다.